AF403778

L'AMOUR

ET

LA FOLIE,

OPÉRA COMIQUE,

EN TROIS ACTES,

EN VAUDEVILLES ET EN PROSE.

Représenté par les Comédiens Italiens Ordinaires du Roi , le Mardi 5 Mars 1782.

Prix 1 liv. 4 sols.

À PARIS;

Chez BRUNET, Libraire, rue Mauconseil, à côté de la Comédie Italienne.

M. DCC. LXXXII.

PERSONNAGES.

L'AMOUR.	Mme Billoni.
LA FOLIE.	Mme Dugaſon.
MERCURE, *ſous la figure du Bailli.*	M. Roziere.
LISETTE.	Mlle Desbroſſes.
SUSETTE.	Mlle Carline.
BASTIEN.	M. Dorſonville.
JULIEN.	M. Philippe.
BOBIE.	Mme Gonthier.
LUCAS.	M. Meunier.
LE BEDEAU.	M. Trial.
JEUNES GARÇONS.	
JEUNES FILLES.	
VIEILLARDS.	
VIEILLES.	

La Scene ſe paſſe au Village.

L'AMOUR
ET
LA FOLIE.

ACTE PREMIER.

Le Théatre repréfente un bocage garni de lits de gafon, & parfemé d'arbres, fous lefquels Baftien & Julien font affis au lever de la toile. L'un & l'autre jouent de la mufette, & chantent l'air fuivant.

SCENE PREMIERE.
BASTIEN, JULIEN.

BASTIEN.
Air : *C'eft pour Lifette.*

C'est pour Lifette
Que ma mufette
Va former des fons nouveaux.

A

E N S E M B L E.

C'eft pour $\left\{\begin{array}{l}\text{Sufette.}\\\text{Lifette.}\end{array}\right.$

Que ma mufette
Va former des fons nouveaux.

B A S T I E N.

Viens, cruelle,

Ma voix t'appelle

Sous ces ormeaux :

Ma brunette,

Tout répete

Dans le fond de ces côteaux.

E N S E M B L E.

C'eft pour, &c.

(*Lucas arrive, refte dans le fond, & fe moque
d'eux*).

B A S T I E N.

Ah ! pourquoi vous défendre,

Objets charmans ?

C'eft au printems

Que vos cœurs doivent fe rendre.

Écoutés,

Imités

La fenfible colombelle ;

Chaque jour auprès d'elle

Nous faifons dire aux échos...

(*On entend de loin un Chœur de Bergers, dont la
voix fe mêle à celle de Baftien & de Julien. Ils
approchent peu-à-peu, & arrivent en jouant de
la mufette*).

BASTIEN, JULIEN, BERGERS.

C'eſt pour { Suſette,
Nicette,
Liſette,
Juliette,
Collette,

Que ma muſette
Va former des ſons nouveaux.

SCENE II.

BASTIEN, JULIEN, LUCAS, BERGERS.

LUCAS.

Air : *J'voulions tout' vous dir' queuqu' choſe.*

EH! morbleu, voulés-vous plaire ?
Choiſiſſés un autre ton,
Ou bien renoncés à faire
Ta, la, la, la, la, la, la, &c.
La conquête d'un tendron.

BASTIEN.

Air : *Champenois.*

Ailleurs, dit-on, les plus rebelles
Devancent l'âge de l'amour.

LUCAS.

Les vôtres danſent tout le jour,
Tout le jour faut danſer comme elles.
Pour triompher de leurs appas,
Il n'eſt beſoin que d'un faux pas.

BASTIEN.

Vous croyés ?

LUCAS.

Air : *Paiſſés, petits moutons.*

L'amour languit & meurt au ſein de la triſteſſe.
Oui, dès que l'ennui
Se gliſſe chez lui,
Serviteur à ſon aimable ivreſſe.

BASTIEN.

Eh ! quoi ? pour être heureux, faut-il danſer ſans ceſſe?
C'eſt par mes deſirs,
Mes brûlans ſoupirs
Que je veux attendrir ma maîtreſſe.

LUCAS.   BERGERS.
L'Amour languit, &c.   Eh quoi! pour être, &c.

L'AMOUR *dans la couliſſe*

Air : *Hélas ! tu t'en vas.*

Ahi ! Ahi !

LUCAS.

J'entends pleurer. . . .

L'AMOUR.

Ahi, ahi, ahi. . . .
On me gronde, on me chaſſe,
C'eſt bien inhumain.

LUCAS.

Savoir.

(*L'Amour paraît déguiſé en marchand, & chargé
d'un pannier rempli de flacons.*)

SCENE III.

Les mêmes. L'AMOUR.

L'Amour.

Suite de l'air.

Ahi, ahi, ahi, ahi, ahi....
Quel deftin !
Quel chagrin !
Lucas.

Air : *De la bonne aventure.*

Si quelqu'un, mon cher enfant,
Vous a fait injure,
Contés-nous votre tourment.....
L'Amour.
Ce mot me raffure.,..
Mais hélas !
Chœur.
Il faut parler,
On pourra vous confoler.
L'Amour.
La bonne aventure
Ogué !
Chœur.
La bonne aventure.
Lucas.

Air : *Pour vous, Philis, j'aurois deffein.*
Vous avez l'œil vif & frippon.

A iij

L'AMOUR.

Et mon cœur est dans la détresse.

LUCAS.

Votre douleur nous intéresse,
Parlés, comment vous nomme-t-on ?...
Vous héfités !... point de myftere,
A l'inftant même, inftruifés-nous.

L'AMOUR.

Si je le dis, qu'allés-vous faire ?
Si je me tais, que direz-vous ?

BASTIEN.

Sa réponfe eft fufpecte.

LUCAS.

Air : *Du ferin qui te fait envie.*

Vous vous plaignés que l'on vous chaffe ;
Mérités-vous ce traitement ?

L'AMOUR.

Pour quelques tours de paffe-paffe,
Doit-on fubir ce châtiment ?

LUCAS.

Par de tendres efpiégleries,
Aimés-vous à vous fignaler ?
Nos filles font affés jolies,
Et vous aurés à qui parler.

BERGERS.

Paix donc.

LUCAS.

Et vous aurés à qui parler.

L'Amour.

Air : *Pour un maudit péché.*
Au fond de ce féjour
Je viens à la fourdine,
Et je veux, à mon tour,
Y régner fans retour.

Lucas.

Eh mais !... à votre mine...
C'eft clair comme le jour,
Et fans peine on devine
L'amour.

Jeunes Garçons.
Quoi ! c'eft vous !
Quoi ! c'eft vous !
Eh vîte, fervés-nous.

Lucas.

Air : *Tu croyois en aimant Collette.*
Mais vôt' parure eft finguliere...

L'Amour.
Selon mes vœux, mes intérêts,
Soit ici bas, foit à Cythere,
Je change mon âge & mes traits.

Air : *Du Vaudeville de Florine.*
La Folie, au gré de vos filles,
Me prive ici de tous mes droits ;
Les plus jeunes, les plus gentilles,
Ne reconnaiffent que fes loix.
Mais, dès ce foir, j'ofe le dire,
Mon pouvoir fera rétabli ;

Et si l'on m'ose contredire,
J'enflamerai jusqu'au Bailli.

LUCAS, JEUNES GARÇONS.

Ah ! qu'c'est bien fait !
Ah ! qu'c'est bien fait !

L'AMOUR.

Je n'ai ni fleches, ni carquois, & c'est avec d'autres armes que je veux réduire vos inhumaines.

LUCAS.

Air : *Lison dormait sur la verte fougere.*

Votre projet
Me ravit & m'enchante,
Mais en effet
Ce pannier me tourmente :
Parlés, je suis discret.

BERGERS.

Au fait.

L'AMOUR.

Au fait ?

ENSEMBLE.

Apprenés-nous votre secret.
Je vais vous dire mon secret.

(*On lui aide à se débarasser de son pannier*).

L'AMOUR.

Si j'avais paru sous mon habit ordinaire, vos maîtresses m'auraient reconnu, & la Folie l'aurait emporté.

Lucas, *prenant une bouteille dans la hotte.*

A coup sûr. (*Il lit*). *Eau de beauté ?*

L'Amour.

Juftement.

Lucas.

J'en retiens une bouteille pour ma femme.

Bergers.

Air : *Ça n'dur'ra pas toujours.*

Le teint de nos maîtreſſes
N'a pas befoin d'atours :
Jamais à vos fineſſes
Leur fraîcheur n'a recours.

L'Amour, Lucas.

Ça n'dur'ra pas toujours,
Ça n'dur'ra pas, &c.

L'Amour, *prenant une autre bouteille.*

Eau de fageſſe.

Lucas.

En vendés-vous beaucoup ?

L'Amour.

Une cuillerée tous les dix ans.

Lucas.

On s'en apperçoit.

L'Amour, *prenant une autre bouteille.*

Eau calmante.

Lucas.

Quelle eft fa vertu ?

L'A mour.

Air : *Ah! Colin, je serai cruelle.*

Des rosiers que ma main cultive,
Elle devait arrêter les progrès ;
Mais ma foi leur seve trop vive
Trompe mes soins, dérange mes projets.
Et la rose, avant la saison,
      Se presse d'ouvrir,
      Se hâte d'offrir,
      Se presse d'ouvrir
      Son bouton.

Bastien.

Air : *En mariage, ma Mere.*

A l'objet qui m'intéresse
Cachez bien cette liqueur.
Plus je veux toucher son cœur,
      Fixer son ardeur,
      Fléchir sa rigueur,
Plus il brave ma tendresse.

Bergers.

Il est lent, si lent, si lent, si lent.
Qu'il faut nous faire présent,
      Vraiment,
D'un topique différent.

L'Amour, *prenant une Bouteille.*

J'ai ce qu'il vous faut.

Bergers.

Voyons, voyons.

L'Amour.

Et je ne l'emploie que dans les cas extraordinaires.

Bastien, *lifant.*

Préfervatif contre l'amour!.. Vous vous trompez.

L'Amour.

Eh! point du tout; c'eft pour mieux les attraper.

Julien.

Bon !

Lucas.

Air : *Paris eft au Roi.*

Je fuis curieux . . .

L'Amour.

C'eft du merveilleux.

Lucas.

Pourfuivez. . . .

L'Amour.

Mais jurez

Que vous vous tairez.

Lucas, Bergers.

Oui, nous nous tairons,

Nous vous le jurons.

L'Amour.

Souvenez-vous-en bien ;

C'eft pour votre bien.

Ma recette

Eft parfaite ;

Et dès qu'une fille en prend ,

Son œil brille,

Son cœur grille

D'avoir un Amant,
Alerte & fringant ;
De le careſſer ,
Puis de l'embraſſer.

LUCAS, BERGERS.

Comment! de l'embraſſer !

L'AMOUR.

Oui, de l'embraſſer.

LUCAS, BERGERS.

Ah, quel élixir!

L'AMOUR.

Il va vous ſervir...
Mais, mais . . . .

LUCAS, BERGERS.

Nous nous tairous ,
Nous vous le jurons.

LUCAS.

Quoi! vous parlez ſérieuſement ; & drès qu'une
fille en a bu? . . .

L'AMOUR.

Elle a une envie, une fureur d'embraſſer , à
laquelle il lui eſt impoſſible de réſiſter.

Air : *Ah! Maman, que je l'ai échapé belle!*

C'eſt ainſi que j'attrape une Belle...

LUCAS.

Oh! le fin matois! . . .

L'AMOUR.
En tapinois

J'entre chez elle :
Le coup part , on me cherche querelle ;
Mais le cœur fourit ,
Et bientôt j'en fais mon profit.

JULIEN.

Quand on a le cœur de fa Bergere,
De quelle façon
Acheve-t-on
De lui complaire ?

L'AMOUR.

Nigaud ! la belle demande à faire ;
Le defir eft là ,
Prends-le pour maître , il t'inftruira.

JULIEN.

Sans délai, terminez notre affaire ;
On dit que fouvent
On perd l'inftant,
Quand on differe.

BERGERS.

Sans délai , terminez notre affaire ,
Car je fuis preffé,
Mais très-preffé
D'être embraffé.

L'AMOUR.

Air : *Des Fleurettes.*

C'eft ici que vos Belles
S'enflameront pour vous.

BASTIEN.

Que nous recevrons d'elles
Les baifers les plus doux.

JULIEN.

Nous allons en sentinelle
Attendre ces baisers-là.

LUCAS.

Lorsque l'on commencera,
Que l'on m'appelle.

BASTIEN, *à l'Amour.*

Air : *Mes Enfans, après la pluie.*
S'il le faut, doublez la dose
De cet anodin fripon.

LUCAS.

Si j'étais chargé de la chose,
Ah ? comme il y ferait bon !

L'AMOUR.

Non, non,
Plus de pardon,
Je saurai doubler la dose,
Non, non,
Plus de pardon,
J'emploirai tout le flacon.

BERGERS.

Non, non,
Plus de pardon,
Doublés, redoublés la dose,
Non, non,
Plus de pardon,
Employés tout le flacon.

JEUNES FILLES, *dans la coulisse.*

Air : *Eh! gai, gai, &c.*

Eh ! gai, gai, gai, légeres
Bergeres ;
Nuit & jour,
Nargue de l'amour.

LUCAS.

Les voici.

L'AMOUR.

Eh vîte, aidez-moi à cacher mon pannier.

BASTIEN.

Vous reviendrez?

L'AMOUR.

Quand j'aurai fait ma ronde ; mais à condition que vous préparerez mon triomphe, & que juſqu'à mon retour vous vous amuserez à leurs dépens.

JEUNES GARÇONS.

C'eſt dit.

LUCAS.

Et j'vais commencer.

(*Ils prennent le pannier de l'Amour, & ſortent avec lui. Liſette & Suſette arrivent à la tête des jeunes Filles*).

SCENE IV.

LISETTE, SUSETTE, LUCAS, JEUNES FILLES.

JEUNES FILLES.

EH ! gai, gai, gai, légeres
　　Bergeres;
　　Nuit & jour,
Nargue de l'amour.

LUCAS.

Vous avez raiſon.

SUSETTE, *à Liſette.*

Tu nous as promis une ronde.

LUCAS.

Pardi, j'en fais une toute nouvelle, & j'vais
vous la chanter.

JEUNES FILLES, *se prenant par la main.*
Volontiers.

LUCAS.

Air : *Un matin que gros René.*

Aimez-vous, Mamzell' Suson,
   Le son d' la musette ?
Nous allons, à l'unisson,
   Dir' la Chansonnette....
Pardin' ça rend le cœur gai,
Prenez vot' Musette, ô gué !
   Prenez vot' Musette.

JEUNES FILLES.

Prenez, &c.

LUCAS.

En pareil cas, stapendant,
   Faut que l'on finance ;
Mais en baisers, ça s'entend,
   Et j' donne quittance....
Si Monsieur craint d'êt' triché,
Je paîrai d'avance, ô gué !
   Je paîrai d'avance.

JEUNES FILLES.

Je paîrai, &c.

LUCAS.

Mamzell' ça n'est pas de r'fus ;
   Et j' prends un à compte.

Déja

Déja Sufon ne fait plus
  A combien ça s' monte.
Des plaifirs qu'on a d' moitié
Eft-c' que l'on tient compte, ô gué !
  Eft-c' que l'on tient compte ?

J E U N E S F I L L E S.

Eft-c' que, &c.

L U C A S.

Mais voilà que la chanfon
  Plaît à la poulette :
Par ainfi, répond Simon,
  Faut que j'la répéte....
Si ça s'peut, bien obligé,
R'prenés vot'mufette, ô gué ?
  R'prenés vot'mufette.

J E U N E S F I L L E S.

R'prenés, &c.

L U C A S.

On dirait que vous êt'las...
  C'eft ben vrai, ma reine.
Dam'on n'accompagne pas
  Des airs par douzaine.
Quand on a par trop foufflé,
On manque d'haleine, ô gué !
  On manque d'haleine.

J E U N E S F I L L E S.

Quand on a, &c.

B

L I S E T T E.

Air : *Languedocien.*

Pour entendre la musette,
Bien folle celle qui paîra.
Jamais son mal ne nous prendra.

L U C A S, *s'en allant.*

Eh ! chut, chut, chut, mamzell' Lisette ;
Eh ! chut, chut, chut, Bastien vous dira ça.
(*Lucas sort, l'Amour arrive.*)

L I S E T T E.

Bastien me dira ça !...

J E U N E S G A R Ç O N S, *dans la coulisse.*

Eh ! gai, gai, gai légeres
Bergeres,
Nuit & jour,
Nargue de l'amour.

L I S E T T E, S U S E T T E.

Ho ! Ho !

(*Elles restent confondues à la vue des Jeunes Gar-*
çons qui viennent danser en rond sur le côteau.
Lucas s'arête & monte sur un lit de gazon,
d'où il les excite les uns contre les autres.)

SCENE V.

Les mêmes. BASTIEN, JULIEN, JEUNES GARÇONS.

B A S T I E N.

Air : *Foin de Louison.*

Rions, dansons, eh foin du chagrin
Que donne la tendresse.
    Vive le vin,
    Le jus du raisin
Vaut mieux qu'une maîtresse.
    Sécher pour Lison ,
    Gémir pour Suson ,
Ça n'a ni rime, ni raison.
    N'ayons qu'un refrain ,
    Et l'verre à la main ,
Gobergeons-nous d'l'enfant malin.

(*Lisette & Susette piquées rassemblent les jeunes
filles avec lesquelles elles dansent sur la reprise
de l'air , ainsi que les jeunes garçons.*)
LUCAS , JEUNES FILLES , JEUNES GARÇONS.
    Vive le vin, &c.

(*Après ce couplet, les jeunes filles se partagent
en deux files : Susette d'un côté, Lisette de
l'autre.*)

S U S E T T E.

Même air.

Certain renard,
D'un œil égrillard ,

En guétait une grape.
Il vient, il va,
Grimpe ici, mont'là,
Et jamais i'n'l'attrape.
Oui, c'eft du chafs'las,
Difait-il tout bas,
Mais il eft verd, & j'n'en veux pas.
J'en connais ici,
Qui tout comme lui,
Vous font femblant d'en faire fi.

(Pendant ce couplet, les jeunes garçons fe ran-
gent en file & danfent en fe tenant par les mains.
Les jeunes filles en font autant & s'en vont
fur la reprife de l'air : les garçons les fuivent.)

L u c a s.

Le r'nard eft fin,
Et l'amour malin
Le fra mordre à la grape.

JEUNES GARÇONS.	L U C A S.	JEUNES FILLES.
Vive le vin, &c.	Le r'nard eft fin, &c.	Non, le renard, &c.

ACTE II.

SCENE PREMIERE.

BASTIEN, JEUNES GARÇONS.

Air : *Morgué Catau que t'es farouche.*

AH ! comme elles font en colere !

BASTIEN.

C'en eſt aſſés, & pour bien faire,
Il faut attendre ſon retour.

JULIEN, *traverſant le côteau.*

Vite & tôt, je l'vois dans l'bocage.

JEUNES GARÇONS.

Ah ! nous te ſuivons...

(*Ils ſortent : Liſette arrive ſuivie de Suſette & des
jeunes filles.*)

LISETTE.

Suite de l'air.

Bon voyage...
Mais chacun, chacun à ſon tour.

SCENE II.

LISETTE, SUSETTE, JEUNES FILLES.

JEUNES FILLES.

Fin de l'air : *Toujours maman me gronde en vain.*

COMMENT, comment, comment faire
Pour les punir ?
Les haïr, les haïr,
C'est trop peu, ma chere.

SUSETTE.

Air : *C'est la blonde la plus gentille.*

De leur gaité, de leur outrage,
Pourquoi garder le souvenir ?
S'ils ont tenu ce beau langage....

LISETTE.

Nous n'aurions pas dû le souffrir.

SUSETTE.

N'aimons jamais que le plaisir.
C'est l'vrai moyen de les punir.

JEUNES FILLES.

Susette a raison.
N'aimons jamais, &c.

SCENE III.

Les mêmes. L'AMOUR.

L'Amour.

Air : *Jupin dès le matin.*

Voulés-vous acheter ?

Jeunes Filles.

Ha !....

L'Amour.

J'ai sans me vanter,
De quoi vous contenter.

Jeunes Filles.
Avancés.

L'Amour.
Voyés, choisissés,
Plus vous en prendrés,
Plus vous me flatterés.
Quintessence d'œillet
Et de muguet,
Alkhalis superfin,
Poudre au jasmin.

Jeunes Filles.
Après....

L'Amour.
Eau de beauté....

Jeunes Filles.
En vérité ?

L'AMOUR.

De tous les côtés j'en ai débité.

Excellentes odeurs...

LISETTE.

Sentés nos fleurs....

L'AMOUR.

Mais...

JEUNES FILLES.

Gardés vos paquets

Et vos secrets,

Nous voulons des attraits

Dont la nature fasse les frais.

(*Pendant cet air, les jeunes filles ont examiné différentes phioles, & Susette en garde une qui lui est tombée sous la main.*)

SUSETTE, *à Lisette.*

Air : *Babet m'a su charmer.*

Comme toi, je dis non,

Mais, ma chere Lisette,

Regarde ce flacon

Et lis en l'étiquette.

LISETTE, *lisant.*

Préservatif contre l'amour.

L'AMOUR.

Rendés, rendés-moi....

LISETTE.

Mais, Monsieur, pourquoi.

L'AMOUR, *la prenant.*

Rendés-moi ma recette.

Vous causeriés trop de tourmens,

Et quand on a vos agrémens,
Un dieu d'amour dans fon Printems,
On doit payer fa dette.
(*L'Amour veut refferrer fon flacon.*)

LISETTE.

Mais, encor une fois, pour fon argent on
eft libre.

L'AMOUR.

C'eft jufte.

LISETTE.

Crois-tu qu'un petit verre nous faffe mal ?

SUSETTE.

Je ne crois pas.

LISETTE.

Et quand on en a bu on n'aime jamais ?

L'AMOUR.

Jamais.

LISETTE.

Et ça empêche-t-il d'être aimée ?

L'AMOUR.

Au contraire.

LES JEUNES FILLES.

Air : *Pour la Baronne.*

Il faut en boire.

L'AMOUR.

De quoi peut-il vous préferver ?

LISETTE.

Mon cœur eft sûr de la victoire...
Mais un malheur peut arriver...

LES JEUNES FILLES.

Il faut en boire.

L'AMOUR.

Etes-vous décidées ?

LES JEUNES FILLES.

Très-décidées.

(L'AMOUR, *prend des tasses dans son pannier,
les remplit & les donne aux Jeunes Filles.*)

LISETTE, *à Susette.*

D'la fermeté.

SUSETTE.

J'n'en manque pas.

JEUNES FILLES, *à l'Amour.*

A vot' santé.

L'AMOUR.

Bien obligé.

JEUNES FILLES, *l'une à l'autre.*

A la tienne.

(*Bastien, Julien & les autres Bergers sont arrivés
depuis un moment. L'Amour leur fait signe de se
contenir.*)

LISETTE, *à l'Amour, après avoir bu.*

Air : *Si Mathurin dessus l'herbette.*

Quelle gaîté ! quelle allégresse !
Quand nous reverrons nos Galans.
Braver l'Amour & son adresse,

SUSETTE.

Ah! c'est jouir de deux printems.

LISETTE.

On n'a qu'un cœur, & sans mystere

Chaque Fillette perd le sien.
Quelques efforts qu'on puisse faire,
Je garderai toujours le mien.
JEUNES FILLES.
Quelques efforts, &c.

SCENE IV.

Les mêmes. BASTIEN, JULIEN, BERGERS.

LISETTE.

Air: *Finiſſez donc Mamzell' Fanchon.*

MAIS ça m' fait au dedans de moi,
    Ça m' fait tique,
    Ça m' fait taque....
        JEUNES FILLES.
Oh! ça m' fait au dedans de moi
Tique, taque, comme à toi.
        LISETTE.
Je ſens qu' mon eſprit
    Se trouble....
        SUSETTE.
Ça redouble....
    L'AMOUR, *aux Bergers.*
Tout eſt dit.
    LISETTE, SUSETTE.
Mais c'eſt un plaiſir;
D'où peut-il venir?...
        JEUNES FILLES.
Oh! ça m' fait au dedans de moi,

Ça m' fait tique,
Ça m' fait taque :
Oh! ça m'fait au dedans de moi
Tique, taque, comme à toi.

Air : *Ne m'entendez-vous pas?*

Mais . . . ne m'entends-tu pas?...

BASTIEN, JULIEN, BERGERS.

J'ai peine à te comprendre....

LISETTE, SUSETTE, JEUNES FILLES.

Le gage le plus tendre....

BASTIEN, JULIEN, BERGERS.

Quel est ce gage?...

LISETTE, SUSETTE, JEUNES FILLES.

Hélas!...

Mais ne m'entends-tu pas?

LISETTE, SUSETTE.

Air : *Lorsque j'ai mon Tablier blanc.*
Faut-il donc te le demander?...

BASTIEN, JULIEN.

Eh bien!.. eh bien!.. il faut céder...

(Elles donnent un baiser à leurs Amans : les Jeunes
Filles en font autant.)

LUCAS, *de loin.*

Appuyez....leur affaire est faite.
Gai, tourlourette.

LISETTE.

Mais je ne saurais concevoir.....

BASTIEN, JULIEN, BERGERS.

L'Amour couronne notre espoir.

Lisette, Susette, Jeunes Filles.
Quoi ? l'Amour ? . . .
(*En donnant un second baiser.*)
Notre affaire est faite.
CHŒUR.
Gai, tourlourette.

SCENE V.

Les mêmes. LUCAS.

Lisette, *à l'Amour.*

Air : *V'la c'que c'est d'aller aux bois.*

Ainsi vous v'nez en tapinois . . . .
L'Amour, Lucas, Bergers.
V'là c'que c'est d'aller aux bois.

Lisette, Susette, Jeunes Filles, *à l'Amour.*
Votre Elixir est trop sournois.
Bergers, *à leurs Maîtresses.*
En s'rais-tu colere ? . . .
Lisette, Susette, Jeunes Filles.
C'est tout au contraire ;
Et pour jamais j'ai fait mon choix.
CHŒUR.
V'là c'que c'est d'aller aux bois.
Lucas.
Les Vieilles ! . . adieu le reste de la bouteille.
L'Amour.
Bon !

LUCAS.

Et ma femme eſt à leur tête !.. cachons-nous.
(*Bobie & les Vieilles arrivent, chacune avec une
taſſe à la main.*)

SCENE VI.

Les mêmes. BOBIE, LES VIEILLES.

BOBIE, *à l'Amour.*

Air : *Des Fraiſes.*

DANS ces lieux, mon cher Enfant,
J'étois en ambuſcade. ...
L'AMOUR.
J'entends, & dans ce moment... (*Il en verſe.*)
LES VIEILLES.
Vîte , & tôt verſez-nous-en
Raſade, raſade, raſade. (*Elles boivent.*)
BOBIE.
Même Air.
Ah ! que ce breuvage eſt doux !...
LES VIEILLES.
Déja mon cœur s'agite ....
(*Aux Bergers qu'elles veulent embraſſer.*)
Mes amis ... approchez-vous ...
Prenez ... prenez ... prenez tous ...
BERGERS.
La fuite, la fuite, la fuite.
(*Ils ſe ſauvent, & les Bergeres les ſuivent. Baſtien
& Julien ſe cachent derriere Liſette & Suſette.*)

Les Vieilles.

Même Air.

Comment donc?..(*A l'Amour*) Et toi, méchant!..
Tu ris de mon martyre !
Nous les joindrons à l'inftant...
Mais, hélas ! en attendant,
J'expire, j'expire, j'expire. *(Elles s'en vont.)*

Lucas.

Oh ! parbleu, ma chere femme !...

Bobie, *revenant fur fes pas.*

C'eft toi !.. tu paîras pour les autres.

Lucas.

Je m'fauve.

Les Vieilles.

Nous les joindrons à l'inftant ;
Mais, hélas ! en attendant,
J'expire, j'expire, j'expire.

SCENE VII.

L'AMOUR, LISETTE, SUSETTE, BASTIEN, JULIEN.

Air : *Colin sur un verd gazon.*

LES AMANS.	L'AMOUR.
Par fois sur le verd gason,	Par fois sur le verd gason,
Revenés nous faire la leçon.	Je viendrai vous faire la leçon.
Non, non,	Non, non,
Ne nous retirés jamais	Vous ne languirés jamais
Vos charmans bienfaits.	Après mes bienfaits.
Heureux	Heureux
De nos feux,	De vos feux,
Prenons pour modele	Prenés pour modele
La tourterelle.	La tourterelle.
L'aveu de nos parens	L'aveu de vos parens
Va finir nos tourmens,	Va finir vos tourmens,
Et nos moindres defirs	Et vos moindres defirs
Vont être des plaifirs.	Vont être des plaifirs.

(La Folie arrive en secouant sa marotte. Lisette & Susette se mettent devant Bastien & Julien qui cachent l'Amour.)

SCENE VIII.

SCENE VIII.

Les mêmes. LA FOLIE.

LA FOLIE.

Air : *Languedocien.*

JE regne dans vos forêts ;
Célébrez-y ma marotte :
Je regne dans vos forêts ;
Célébrez-y mes attraits.
De l'inftant que je parais,
On arbore la calotte ;
De l'inftant que je parais . . .
Salut aux fous que je fais.
 Je ris du fage,
  Qui dit :
 On perd l'efprit.
 Mais un beau jour,
  A ma cour
 Il fait féjour.
Sans effort & fans art,
 Par un feul regard
  J'engage.
J'ai dans tous les cantons
Mes petites maifons.

LES QUATRE AMANS.

Par fois fur le verd gazon
Il viendra, &c.

C

LA FOLIE.

Air : *Margot, Margot, &c.*

Mais , comment ?
D'où vient donc ce changement ?
Quoi ? de la fadeur !
De la langueur !
L'Amour a paru ;
L'auriez-vous reçu ?

L'AMOUR.

Ah ! vraiment
Vous avez du jugement,
Du discernement,
J'en suis content.

LA FOLIE.

Ah ! c'est lui ! . . .

L'AMOUR.

Oui , c'est moi.

LA FOLIE.

Mais prétends-tu me faire la loi ?
Je regne dans ce séjour
Sans retour.
Pour jamais retourne dans les Cieux ;
Va chercher loin de ces lieux
Les ris, les jeux,
Qui d'ennui font bailler les Dieux. . . .
Eh bien ! . . eh bien ! (*aux Bergeres*) mais je veux
sans courroux,
Je veux lui faire voir les droits que j'ai sur vous.
Vénés, venés, quittés cet enjoleur,
Il ne sait pas où loge le bonheur.

L'Amour, la Folie.

Redoutés, oubliés fes appas.
Le chagrin qui me fuit accompagne fes pas ;
Le plaifir qui me fuit n'eft jamais fur fes pas.

Lisette, Susette.

Non, c'en eft fait,
Et fans regret
Pour nos amans
Vrais & conftans
Nous quittons la folie.

La Folie, *à l'Amour.*

Le trait eft touchant,
Et ton orgueil eft triomphant ;
Mais ma gaité te pourfuivra,
Te confondra,
Et grace à moi, tout l'univers
Ceffera de porter tes fers.

LES QUATRE AMANS.	L'AMOUR, LA FOLIE.
Bouteille, bouteille chérie,	Fillette, fillette jolie,
Non, nôn, de la vie,	Songés pour la vie,
Je n'oublîrai le bien que tu	Songés au bien que l'Amour
m'as fait.	vous a fait.
Parmi nous l'hymen eft fidele,	Parmi vous l'hymen eft fidele,
Sa voix nous appelle ;	Sa voix vous appelle,
Et ce Dieu difcret	Et ce Dieu difcret
Tient ce qu'il promet.	Tient ce qu'il promet.

La Folie.

Air : *Une jeune fillette.*

Renvoyons en cadence
Cet honnête fripon :

Un siecle de constance
Vaut-il un rigaudon ?
Non , non.
Au son du tambourin
Soudain
Que l'on se mette en danse.
Vous ne répondés rien....
Fort bien.
L'Amour baisse les yeux
De mieux en mieux.
L'ennui vous tend les bras...
Hélas !
Que l'amour a d'appas ?

(Les jeunes Garçons & les jeunes Filles paraissent
sur le côteau.)

SCENE IX.

Les mêmes. JEUNES GARÇONS, JEUNES
FILLES.

Jeunes Garçons, Jeunes Filles.

Air : *Sans l'Amour, &c.*

Sans l'amour & sans ses charmes
Tout languit dans l'univers :
Sans l'amour, &c.

La Folie, (*à l'Amour.*)

Air : *Languedocien.*

Et tu crois dans ces hameaux
T'emparer de ma puissance ?

L'Amour.
Malgré vous & vos propos,
J'y fais des sujets nouveaux.
La Folie, *en riant.*
Viens, fuis moi, c'est en champ clos
Que j'en veux tirer vengeance.

LA FOLIE.	L'AMOUR.
Viens, fuis-moi; c'est en champ clos,	Je vous fuis; c'est en champ clos,
Que j'amuse mes rivaux.	Que j'exerce mes rivaux.

Jeunes Garçons, Jeunes Filles, *à l'Amour.*
Qu'allés-vous faire ?
Mon cœur
Bat de frayeur.
(*A la Folie.*)
Ah ! laissés-nous.
L'Amour, *aux Bergers.*
Calmés-vous.
La Folie, *aux Bergers.*
Point de courroux.
Par son petit jargon
L'Amour a le don
De plaire,
Mais il faut l'essaier
En combat singulier.
L'Amour, *à la Folie.*
Air : *J'aime le mot pour rire.*
En tête à tête, croyés-moi,
Jamais on ne m'a fait la loi.

LA FOLIE.

Cela vous plaît à dire.

LES QUATRE AMANS.

Cessés....

LA FOLIE.

Vous tremblés pour l'Amour...
Je vous promets, à mon retour,
Le petit mot pour rire.

JEUNES GARÇONS, JEUNES FILLES.

Le triste mot, &c.

LA FOLIE, *à l'Amour*.

Même air.

Dans l'art de l'escrime vraiment,
Mars instruisit votre maman....

LES QUATRE AMANS.

Malgré moi, je soupire.

LA FOLIE, *aux Bergers*.

Voyons si son fils en tiendra,
Si dans le cartel il aura
Le petit mot pour rire.

L'AMOUR, LA FOLIE.	JEUNES GARÇONS, JEUNES FILLES.
Voyons si	
son fils en tiendra,	Dans vos défis, dans vos débats,
Croyés que	
Que dans	
le cartel il aura	Hélas! hélas! je ne vois pas
Si dans	
Le petit mot pour rire.	Le petit mot pour rire.

ACTE III.

SCENE PREMIERE.

LISETTE, SUSETTE, BOBIE, UNE JEUNE
FILLE.

BOBIE.

Air : *De mes moutons le nombre augmente.*

MAIS à quoi bon cette tristesse ?
Un dieu vaut bien une déesse.
Je gage même & l'on verra
Que votre ami l'emportera.
A l'amour qui donne la vie,
Le jour ne saurait être ôté.

JEUNES FILLES.

Ah ! ce combat, mere Bobie,
Ne peut-il pas affaiblir sa santé !

BOBIE.

Air : *On compteroit les diamans.*

Elle ne l'est déja que trop,
Depuis long-tems j'en fais l'épreuve.

LISETTE, *à Susette.*

On la devine à demi-mot,
Et sa jeunesse en est la preuve.

C iv

B O B I E.

Cependant, je m'en apperçoi,
Auprès de vous l'ingrat s'anime,
Et chaque fois que je le voi,
Il me dit qu'il eſt au régime.

B E R G E R S, *dans la couliſſe.*
Air : *Des Pendus.*

Ah ! quel malheur !

B O B I E, J E U N E S F I L L E S.

Quai-je entendu !

S C E N E I I.

Les mêmes. BASTIEN, JULIEN, PIERROT.

L E S T R O I S B E R G E R S, *un mouchoir à la main.*

Nous en venons, nous l'avons vu.
L'Amour, ſans caſque & ſans viſiere
S'eſt préſenté dans la carriere...
Et d'un ſeul coup.... quel coup affreux !...

L I S E T T E.

Je tremble.

S U S E T T E.

Je frémis.

U N E J E U N E F I L L E.

Je pâlis.

B O B I E.

Je chancelle.

L E S T R O I S B E R G E R S.

Il a perdu.... perdu les yeux.

Lisette, Susette, une Jeune Fille.

Air : *Dans cette aimable Solitude.*

Ah! que dira sa pauvre mere ?
Que cherchait-il dans ce désert ?
Il nous aborde, il fait nous plaire,
Et vous voyez tout ce qu'il perd.

LES TROIS BERGERS.   LES TROIS BERGERES.

Prends-moi pour guide,   C'était mon guide,
Ton cœur timide   Mon cœur timide
Peut déformais fuivre mes pas.   Allait enfin fuivre fes pas.
Defir m'éclaire,   Douleur amere !
Et fa lumiere   Hélas ! que faire
Vaut bien les yeux qu'Amour   D'un conducteur qui n'y voit
n'a pas.   pas !

BOBIE.

Voilà bien du train pour deux yeux de moins.

LISETTE.

Comment ?

BOBIE.

Air : *On compterait les diamans.*

Vous pleureriez avec raifon,
Si vous aviez perdu les vôtres ;
Mais, entre nous, ce beau garçon
Saura bien en retrouver d'autres.
Oui, nos yeux nous viennent de lui ;
Et, puifqu'il a l'efprit d'en faire,
Ne peut-il pas dès aujourd'hui
S'en procurer une autre paire ?

SCENE III.

Les mêmes. LA FOLIE.

L A F O L I E, *en riant.*

Air : *Guillot près de sa Guillemette.*

Sur ma parole je suis libre,
Mais le hameau veut me juger :
Voilà mon sort en équilibre,
De quel côté va-t-on pencher ?
J'ai le Bédeau pour adversaire ;
Vous l'allez voir en long rabat ;
Et contre lui, dans mon affaire,
Lucas sera mon Avocat.

L I S E T T E.

Même Air.

D'une maniere bien cruelle
Vous nous contez cet accident.

L A F O L I E.

Du pauvre enfant qui m'interpelle.
J'ai pu hâter l'aveuglement ;
Mais de ce mal, fort ordinaire,
Depuis long-tems il est atteint ;
Et tout l'Empire de Cythère
Est inondé de Quinze-vingt.

(*Sur l'air suivant, arrive l'Amour conduit par des
Vieillards & des Vieilles. Il est précédé des Jeunes
Gens qui portent chacun un tabouret, de Mercure
en Bailli, du Bédeau & de Lucas.*)

SCENE IV.

Les mêmes. L'AMOUR, MERCURE, LUCAS, LE BÉDEAU, BOBIE, VIEILLES, VIEILLARDS, BERGERS, BERGERES.

La Folie.

Air : *Sous un Ormeau.*

Mais le voici.

Chœur.

Tout le Village en est transi…
Ah Dieux ! quel souci !

L'Amour.

La perfide elle - est ici ?

Chœur.

Oui.

L'Amour.

Procédez, cher Bailli,
C'est en vous que je mets mon appui.

Chœur.

Le crime est inoui…

Mercure.

Avec moi rien ne reste impuni.

La Folie, *à l'Amour.*

Mon bel ami,
Vous avez un très-grand parti…
Mais….

MERCURE.

Paix.

LA FOLIE.

J'ai choisi.
Vous plaiderez contre lui (*Montrant le Bédeau*).

CHŒUR.

Oui.

(*Pendant cet air, les Jeunes Garçons mettent un siege dans le milieu, & trois de chaque côté. Sur les aîles, ils en placent un pour l'Amour, & l'autre pour la Folie.*)

MERCURE.

Air : *Tout le long du bois.*
Les plaignans
Sont ici préfens ;
Or donc, fans furfeoir,
Il faut nous affeoir.
Hi, hi,
Dans c'coin - ci,
Ha, ha,
Dans c'coin - là,
Et tout autour de moi, ta, là, là, là, là, là, là, là, &c.

(*Mercure fe place au milieu, les Vieillards fur les côtés, la Folie & l'Amour l'un vis-à-vis de l'autre. Les Jeunes Filles reftent auprès de celui-ci ; les Garçons entourent la Folie ; les Vieilles fe mettent derriere Mercure qui fait figne au Bédeau de commencer.*)

LE BEDEAU, *après avoir fait un grand salut.*

Air : *Ah! si vous aviez vu M. de Catinat.*

L'Amour eſt ſouverain de la terre & du ciel ;
Or, il eſt, quand on regne, un point eſſentiel ;
Et ce point eſt d'avoir un intellectuel,
Qui ſoit toujours guidé par un ſens viſuel.

LUCAS, *montrant l'Amour.*

Air : *Il a voulu.*

Il ne l'a pas ;
Mais en ce cas
Voici ce qu'il faut faire. . . .

LE BEDEAU.

Quand j'aurai dit, tu parleras.

MERCURE.

Tout doux, Meſſieurs les Avocats.

LUCAS.

Oui, dans ce cas. . . .

MERCURE.

Maître Lucas,
La Cour vous dit d'vous taire.

LE BEDEAU.

Air : *Et j'y pris bien du plaiſir.*

Trop honnête pour médire
Des vertus de nos cinq ſens,
Je ſais que pour nous conduire
Ils ne ſont pas ſuffiſans.
Dieux & Rois, ſans en rabattre,
Devraient en avoir un cent.
L'Amour n'en a plus que quatre. . . .
Jugez. . . . . de ſon jugement.

LUCAS.

Il eſt notoire....

LE BEDEAU.

Il eſt certain....

MERCURE.

Fin de l'air de la découpure.

Revenons, revenons à nos moutons....

LA FOLIE, *montrant le Bédeau.*

L'Orateur abuſe,
Mais ſa Robe eſt ſon excuſe.

MERCURE.

Revenons, revenons à nos moutons,
Propos d'Avocats ne ſont pas des raiſons.

LE BEDEAU.

Air : *C'eſt la fille à Simonette.*

Or donc, je reprends mon thême ;
Et d'après mon énoncé,
Je dis que de ce jour même
L'honneur même eſt renverſé.
Oui, ſi l'Amour ſuit ſa route,
Les Maris vont être à bout ;
Et comme il n'y verra goutte,
Il voudra toucher à tout.

Air : *Courant d'la Blonde à la Brune.*

Il abuſera les peres
Dont la race augmentera ;
Il aveuglera les meres
Qu'un Galant ruinera.
Sans remede,
Belle ou laide

Sur ſes pas s'égarera.
La juſtice aura pour deviſe :
La Beauté gagnera.
Le Financier,
Le Guerrier,
Le Robin,
Le Marin,
Tous enfin,
Le ſuivront,
Et feront
Sottiſe ſur ſottiſe.

MERCURE.

Concluez.

LE BEDEAU.

Air : *Vous avez bien de la bonté.*

Je tire ma concluſion
Du mal qui nous menace ;
Et je prétends que l'action
Eſt hors de toute grace.
Or, la peine du Talion
Me paraît encor trop légere,
Mais néceſſaire.

LA FOLIE, *faiſant la révérence.*

Monſieur, en vérité,
Vous avez bien de la bonté.

LUCAS.

J'en appelle.

LE BÉDEAU.

Je retorque.

MERCURE.

Je vous déboute ... à vous, Maître Lucas.

LUCAS, *après avoir fait un grand salut.*

Air : *De la pantouffle.*

Faut êt' juste en tout,
L'Amour n'a que c'qui'mérite,
Faut êt' juste en tout,
Il a mis madame à bout.

MERCURE.

Prouvés.

LA FOLIE, LUCAS.

Air : *Le Roi boit.*

Il ravit à $^{mes}_{fes}$ sujettes
Et leur cœur & leur gaité ;
Oui , déjà de ces retraites
Les plaisirs ont déserté.

L'AMOUR, LE BEDEAU.	LA FOLIE, LUCAS.
Je vais prouver le contraire.	Ofés dire le contraire.
MERCURE.	LUCAS.
Morbleu craignés ma colere.	Écoutés ma phrase entiere.

ENSEMBLE.

Jamais on ne s'entendra.

MERCURE.	LES AUTRES.
Paix, paix là,	Alte là,
Oui, paix là,	Alte là ,
Oui , paix là.	Alte là.

LUCAS.

Air : *Il n'est point de bonne fête.*

Deux yeux font toujours d'mise ,
Ça fert beaucoup pour y voir.

Près de l'objet qu'on courtise,
C'eſt un plaiſir d'en avoir.
Au jour, comme à la lumiere
Faut s'en ſervir....

LE BEDEAU.

Diſtinguo.

LUCAS.

Mais un dieu n'en a que faire.

LE BEDEAU.

Parbleu *nego.*

LUCAS.

Air : *Du pas redoublé de l'infanterie*,
Nigaud vous-même, & cœtera.....
  Mais j'en r'viens à ma gloſe,
Et j'dis qu'à s't'aveuglement là
  On gagn'ra quelque choſe.
L'Amour voyant, allait prenant
  Et la blonde & la brune,
L'Amour aveugle & tatonnant
  En manquera plus d'une.

LE BEDEAU.

Air : *Quand j'étais Mouſquetaire.*

D'un mot v'la que j'infirme
La vérité qu'il affirme....

LUCAS.

D'un mot, je la confirme,
Et par devant experts
    J'appers
Que l'bedeau voit d'travers.

D

Plus l'œil trouv' de quoi plaire,
Plus la main d'vient téméraire,
Par la raison contraire,
Moins on voit, moins on prend
vraiment.

LE BEDEAU.

On lit dans la *Malice des Filles*, chapitre VI...

LUCAS.

Le grand *Albert*...

MERCURE.

Terminés.

LUCAS.

Même air.

L'hymen, malgré l'usage,
Ayant seul droit de passage,
Fillette sera sage,
D'où j'conclus sur le fait
Tout net,
Qu'ma partie a bien fait.
Parquoi, loin d'êt'punie,
Faut vraiment qu'on la r'mercie,
Si l'on me contrarie,
J'dirai qu'c'est mal jugé
morgué. (*Il fait un salut & s'assied.*)

L'AMOUR.

Mal jugé!

LE BEDEAU.

Je replique.

MERCURE.

Silence... de quel avis est Thomas?

Tʜᴏᴍᴀs, *après avoir fait un grand salut.*

Du votre.

Mᴇʀᴄᴜʀᴇ.

Du mien?

Tʜᴏᴍᴀs.

Et par les mêmes raifons.

Mᴇʀᴄᴜʀᴇ.

Je n'ai rien dit.

Tʜᴏᴍᴀs.

Je fuis incorruptible, & je n'en démordrai pas.
(Il falue & s'affied.)

Mᴇʀᴄᴜʀᴇ.

A merveille... mais finiffons... Guillaume,
Pierre, Simon, Lubin, Germain....

Lᴇs Vɪᴇɪʟʟᴀʀᴅs, *après avoir falué.*

De l'avis de Thomas.

Mᴇʀᴄᴜʀᴇ.

Et par les mêmes raifons?
(Les vieillards répondent oui par figne.)

Lᴜᴄᴀs.

J'ajoute....

Lᴇ Bᴇᴅᴇᴀᴜ.

Je réponds que....

Mᴇʀᴄᴜʀᴇ.

Air : *Du menuet d'Exaudet.*

Avocats,

Vos débats

M'étourdiffent,

Mais de mes quatre affiftans ;

Riches en argumens ,

Les raifons m'enhardiffent.
   Moins profond
   Sur le fond
   De la caufe,
Un autre l'appointerait,
  Moi, je décide net
   La chofe.
L'Amour, qui n'y voyait guere,
N'y voit plus, la preuve eft claire,
   L'infenfé
   A caffé
   Sa lifiere,
Or, comme à rien il ne tient,
  Voici ce qu'il convient
   De faire.
   J'ai fuivi,
   J'ai fervi
   La folie,
Elle a de charmans excès,
  Mais fon dernier accès
  Paffe la raillerie,
   D'après quoi,
   Vu la loi,
   Je décide
Qu'au Dieu, quand il marchera,
  La dame fervira
   De guide.

      L'Amour.
   Air: *Il était une fille.*
Oh ! ciel ! moi qui fuis fage...

La Folie.

Moi qui l'étais aussi....

Le Bedeau.

Je plaiderai.

Mercure.

Point de souci.......

L'auguste aréopage
Que j'ai pris pour appui,
Comme moi, dit-il oui?

Chœur.

Oui.

Le Bedeau.

Air : *Etes-vous de Chantilly.*

Il n'en sera pas ainsi.

Mercure.

Vraiment, mon compere
Si.

Un juge ne peut mal faire,
Sur-tout lorsque je l'éclaire....

(*On entend un coup de tonnerre, Mercure ouvre sa robe & montre son caducée.*)

Chœur.

Quel bruit!.. quel Bailli!

Mercure.

Air : *Du haut en bas.*

Du haut en bas
Nous vous avons suivis à vue,
Du haut en bas,
Nous avons lorgné vos débats.

 L'Amour & la Folie,

(A l'Amour.)

Si Mars ne l'avait retenue,
Votre Maman serait venue
Du haut en bas.

Air : *Au coin du feu.*

Son regard qui s'enflame,
Son oreille & son ame,
Tout est en jeu.
Au coup qu'elle redoute,
Elle perce la voûte
Et crie au feu.

Air : *Tout roule aujourd'hui dans le monde.*

On court, on s'assemble, on dispute
Sur le présent événement ;
On parle, on s'échauffe, on refute,
Plus on en dit, moins on s'entend.
Jupin fait le signe d'usage,
Il juge, Thémis applaudit ;
Et moi, je viens dans ce village
Me faire honneur de son esprit.

Air : *Accompagné de plusieurs autres.*

Le vôtre me faisait trembler,
Il s'agissait de l'égaler ;
Et pour briller à l'Audience,
J'ai pris de votre gros Bailli,
Pour vingt-quatre heures assoupi ;
L'habit, les traits & l'éloquence.

Chœur.

Air : *Peuples, chantez le Soleil.*

Honneur, honneur au Courrier....

La Folie, *à l'Amour.*

Mon ami, que vous en femble ?...

Chœur.

Honneur, honneur au Courier
Que Jupin daigne envoyer.

L'Amour, *à la Folie.*

J'aurais tort de m'étonner
De l'arrêt qui nous raffemble.

La Folie, Mercure.

Nous favions nous deviner.

Et { nous devions / vous deviez } vivre enfemble.

Chœur.

Honneur, honneur au Courrier
Que Jupin daigne envoyer.

L'Amour, *à la Folie.*

Air : *d'Allemande.*

Mais Vénus vous attend.

Les quatre Amans.

Un moment.

Mercure.

Mercure vous entend.

LES QUATRE AMANS, *à l'Amour.*

Nos cœurs comptent fur vous.

L'AMOUR.

Oui, vous ferés époux.

VIEILLES, VIEILLARDS.

Ces Bergeres n'ont rien....

L'AMOUR.

Je fais quel eft leur bien.

VIEILLES, VIEILLARDS.

Vot' pouvoir eft divin ;
Mais enfin....

(*La Folie fecoue fa marotte ; les Vieilles & les
Vieillards fe mettent en gaîté. Ceux-ci prennent
la main des Jeunes Filles ; & les Vieilles, celles
des Jeunes Garçons.*)

CHŒUR.

Air : *Eh ! gai, gai, gai, &c.*

Eh ! gai, gai, gai, mon Officier,
La Folie
Eft jolie ;
Eh ! gai, gai, gai, mon Officier,
V'là d'quoi vous d'fennuyer.

VIEILLES, VIEILLARDS, *aux Jeunes.*

J'époufe ta jeuneffe.

JEUNES GARÇONS, JEUNES FILLES.

J'accepte votre bien.

V I E I L L E S, V I E I L L A R D S.
Céde au feu qui me presse.

J E U N E S G A R Ç O N S, J E U N E S F I L L E S.
L'Amour n'y perdra rien.

C H Œ U R.
Eh ! gai, gai, gai, &c.

M E R C U R E, *à l'Amour & à la Folie.*

Ah ! comme d'âge en âge,
Vous ferez radoter.

(*Aux quatre Amans.*)
L'exemple vous engage :

M E R C U R E, L'A M O U R, L A F O L I E, L E S A M A N S.
Il faut en profiter.

C H Œ U R.
Eh ! gai, gai, gai, &c.

L I S E T T E, *à l'Amour.*
Souv'nez-vous en voyage
Du nom de not' hameau ;
Et par fois au bocage
Rapportez-nous d'vot' eau.

C H Œ U R.
Eh ! gai, gai, &c.

L U C A S.
Par vot' étourderie
V'là qu' vous allez briller ;
De vot' nouvelle Amie
C'est l'unique métier.

C H Œ U R.
Eh ! gai, gai, &c.

L'AMOUR.

Si mon Guide m'égare,
N'en foyez point furpris.

LA FOLIE.

La raifon eft fi rare,
Qu'elle en eft hors de prix.

CHŒUR.

Eh ! gai, gai, &c.

(*A chacun de ces Refrains, tout le Village fait des
revérences à l'Amour & à la Folie qui s'éloignent
peu-à-peu, depuis le premier Couplet.*)

F I N.

---

*Lu & approuvé pour la repréfentation & pour l'impreffion.
A Paris, le 29 Décembre 1781.* SUARD.

Vu l'approbation , permis de repréfenter & imprimer.
A Paris, ce 29 Décembre 1781. LE NOIR.

DE L'IMPRIMERIE DE VALADE.

Pieces de M. Cuinet d'Orbeil.

L'Automate, Comédie,   1 l. 4 f.
Ariane abandonnée, Mélodrame; musique de M. Benda,
                                                          15 f.

Piece de M. Imbert.

Les deux Sylphes, Comédie,   1 l. 4 f.

Piece de M. Moline.

L'Inconnue persécuté, Comédie, avec la musique de M. An-
  fossi,   1 l. 16 f.

Percy, Tragédie, traduite de l'Anglois,   1 l. 10 f.

Pieces de M. de Marmontel.

Silvain, Comédie; musique de M. Grétry,   1 l. 4 f.
Le Huron, Comédie,   1 l. 10 f.
Lucille, Comédie,   1 l. 4 f.

Théatre de M. Mercier, 2 vol. *in-8.* fig.   4 l.
Le même ouvrage, 2 vol. *in 12.*   1 l. 16 f.
Ces deux volumes contiennent : Jénneval ou le Barnevelt
  François, Drame en cinq actes.
Le Déserteur, Drame en cinq actes.
Olinde & Sophronie, Drame en cinq actes.
L'Indigent, Drame en cinq actes.
Le faux Ami, Drame en trois actes.
Jean Hennuyer, Drame en cinq actes.
Tous ces Drames se vendent séparément.

Théatre.

Théatre de Moliere, 8 vol. *petit in-12*, *relié.*   16 l.
————— de Racine, 3 vol. *in-12*, *veau.*   6 l.
————— de Regnard, 4 vol. *petit in-12.*   8 l.
————— de Crébillon, 3 vol. *petit in-12.*   6 l.
————— de Quinauld, 5 vol. *in-12.*   15 l.

Recherches sur l'époque de l'Equitation & de l'usage des chars
  équestres chez les Anciens, où l'on montre l'incertitude
  des premiers tems historiques des Peuples; par le P. Ga-
  briel Fabricy, 2 vol. *in-8. broché.*   4 l.

*L'on trouve chez le même Libraire, un assortiment de Pieces
de Théatres, tant de la Comédie Françoise que des Italiens,
& toute sorte de livres, tant neuf que de hasard.*

9 782014 026351